T0198558

Editora del Libro: Yvette Soto
Libro traducido por: Yvette Soto

Para realizar pedidos de este libro, contacte con:
Xlibris
844-714-8691
www.Xlibris.com
Orders@Xlibris.com

ISBN: Tapa Dura   978-1-6641-3539-0
        Libro Electrónico   978-1-6641-3540-6

Información de la imprenta disponible en la última página.

Fecha de revisión: 02/03/2021

Índice

El árbol fantasma

1 La competencia

Más de cuatrocientos años antes de que Colón llegara a América, la gran civilización tolteca floreció en el sur de México. Su famoso Emperador, Quetzalcoatl, que significa Serpiente Emplumada, tomó su nombre del todopoderoso dios de la creación. Despreciando a los sanguinarios, prácticas religiosas observadas por otros reyes sacerdotes, Quetzalcoatl honró a sus dioses con ofrendas de flores y mariposas.

Los toltecas, siendo artistas e hilanderos del espíritu, tejían usando un arte simbólico. Tonantzin, era la gran madre de toda la vida, Diosa del destino y tejedora de los hilos de la fortuna, bendiciendo a los tejedores dedicados y su trabajo.

Cuando sonó una proclama del balcón del emperador Quetzalcóatl, la ciudad real de Tula bullía de actividad. "¡Mujeres de nuestro imperio!" proclamó su heraldo. "¡La princesa Itotia invita a todos los tejedores en el reino de su padre para competir en la creación de un tapiz diseñado para traer buena fortuna a su matrimonio con el gobernador Patli de Texcoco! Se proclamará el creador del diseño ganador 'Tejedor Real'. Después de la boda, el tejedor real deberá mostrar el tapiz ante la novia y el novio mientras dirigen el desfile del Equinoccio de Primavera por la Calzada brillante de Jade".

La noticia del desafío de la princesa recorrió el reino Quetzalcóatl, incluso, hasta el pueblo de montaña remoto, donde la abuela Atl vivía con su nieta huérfana, Nemimati.

En el imperio tolteca económica y culturalmente próspero, se encontraba la casa de la abuela Atl. La casa estaba techada simplemente con cañas altas y rubias recogidas de las orillas del lago Cuanuac. Desde su balcón delantero en lo alto de un acantilado, ella y su nieta podían observar a los monos negros arañas, jugando en los árboles verdes que crecen en la ladera empinada de abajo. La brisa fresca en la elevación más alta también despejó los insectos voladores. Aun así, no todo en el mundo de la abuela Atl y su nieta Nemimati era perfecto. A medida que crecía, la abuela Atl lo encontraba cada vez más difícil tomar el camino empinado hacia su casa. Esto preocupó a Nemimati.

Un día, antes de comenzar el ascenso agotador a su casa, Nemimati miró a su abuela con sus ojos brillantes. "¡Deseo que pudiéramos mudarnos a la ciudad de Tula para vivir y trabajar en el Palacio Real!" exclamó ella.

"¿Cómo podríamos hacer eso, querida?" Preguntó la abuela Atl.

Nemimati explicó con mucho entusiasmo. "¡Podrías diseñar el tapiz a la princesa y aceptar el puesto de tejedora real! "

La abuela Atl sonrió. "Me encantaría niña, pero ya le he pedido a la Diosa Tonantzin que me enviara un presagio para el diseño ganador, y hasta ahora ha permanecido en silencio. Además, mi vista está fallando".

"No te preocupes", respondió Nemimati. "Puedo ver muy bien. Reza a la diosa otra vez y correré adelante y prepararé todo".

La abuela Atl enarcó las cejas. "Muy bien, Nemimati, tal vez si me ayudas, podemos ganar el concurso de la princesa".

2 La aventura de Nemimati

La abuela Atl sabía cómo elaborar tintes vivos a partir de plantas de la selva y semillas, para hacer hermosos tintes para colorear los algodones de su abuela. Nemimati encendió fuego en una gran cámara de combustión de adobe y luego ayudó a su abuela. Puso tres calderos de corteza y bayas para preparar sobre las llamas de fuego. Cuando los tintes en las teteras estaban oscuros y ricos, los colocaban sobre una mesa de madera para enfriarlos. Satisfecha con su trabajo, Abuela Atl consideró su próxima tarea.

"Nemimati, ¿por qué no me haces girar el hilo mientras voy al pueblo? Quizás haciendo trueques con los vendedores por cuentas diminutas y plumas finas me inspirará. He estado tratando de decidir los colores del tapiz. Además, ¡estaremos atentas a los presagios de Tonantzin! "

"Me mantendré alerta, abuela", Nemimati exclamó, "Asegúrate de caminar con cuidado al bajar el camino al pueblo".

"No te preocupes, iré despacio. Y tu asegúrate en terminar tus quehaceres", respondió la abuela Atl.

Luego balanceó una canasta grande y redonda, tejida a mano, que contenía algunas de sus artesanías en su cabeza, y partió por el camino empinado que serpentea por la colina a Cuanuac, para visitar los vendedores.

Anticipando que su abuela se quedaría en el pueblo hasta la puerta del sol, para charlar con sus amigos, Nemimati fué al bosque para jugar antes de sentarse a trabajar con el hilo de girar.

Mientras saltaba suavemente sobre los charcos de agua que dejó la última lluvia tropical, desde detrás de un parche de helechos, notó un destello de oro. Cuando fué a investigar, para su sorpresa, encontró una ranita brillante con dedos de succión. Preguntándose si Tonantzin había enviado esta rana inusual como un presagio que el tapiz debería ser amarillo y dorado, se llevó la rana a su casa para mostrárselo a su abuela cuando regresara más tarde esa noche.

"Te llamaré Costi, que significa oro", dijo la niña, recogiéndola y acurrucándola en su cinturón tejido.

Al regresar a la casa de su abuela, Nemimati miró en busca de una jarra que la rana no pudiera saltar y salirse. Eventualmente, los ojos de ella se iluminaron en la jarra de agua azul de la abuela. Estaba sentada donde ella siempre la dejaba, en una amplia teja índigo bajo las grandes hojas frescas de la planta de gema tropical que crece en su balcón de atrás. Vaciando todo menos un poco de agua sobre las raíces de la planta de gemas, Nemimati dejó caer a Costi con un suave toque. A continuación, corrió hacia la choza del alfarero más cercana para buscar una olla de barro lo suficientemente grande para poner algunas piedras mojadas y plantas pequeñas que la harían sentir como en su casa. Ella sabía que vasijas podía usar y cual no, porque el alfarero había estado enseñándole acerca de su oficio.

Mientras tanto, cansado y agotada, después de negociar con los vendedores, la abuela Atl decidió no visitar a sus amigos y se dirigió a su casa temprano. Durante la subida empinada a su casa, se consoló pensado en su jarra de agua azul sentada a la sombra fresca de la planta de gemas. Después de cerrar finalmente la puerta del jardín al final del sendero, detrás de ella, para su horror, notó la jarra en el suelo junto a su teja y el agua acumulada en el suelo.

La abuela Atl puso los ojos en blanco y miró al cielo. "Ah, esa niña irreflexiva,"exclamó. "¡Bien podría enviarla a vivir en el bosque con los monos!"

Después de dejar su canasta pesada al lado de los grandes calderos de tinte en su mesa de trabajo, la Abuela Atl se acercó a recoger su jarra azúl. Se sentía más pesada de lo habitual porque estaba cansada, así que no se molestó en mirar en las profundidades oscuras donde Costi estaba aferrada a sus costados con sus pequeños dedos succionados. Después de enjuagarla, llenó la jarra hasta la altura para oxigenar y enfriar el agua como era la costumbre de su pueblo.

Mientras tanto, disfrutando de la inesperada ducha, Costi flotaba como un nenúfar en la superficie del agua ascendente hasta que pudo mirar por encima del borde de el caldero con sus ojos pequeños saltones. Buscando un lugar seguro de esconderse, despúes que la Abuela Atl gritó asustada, Costi se zambulló directamente en el caldero de líquido azul. Cegado por la solución de tinta, saltó de nuevo, solo para aterrizar en el caldero de tinte carmesí. Esta vez el salió con cautela y descansado en el borde, lentamente parpadeando y soplando un arco iris brillante y burbujas rojas.

3 El mensajero de la diosa

La abuela Atl, agotada, se derrumbó en una silla y llamó a su nieta. "¡Nemimati, Nemimati! ¿Dónde estás, niña? !Ven con rapidez!"

Nemimati regresó del cobertizo del alfarero a tiempo para ver a Costi dejando huellas curiosas a través de una muestra de tela celeste que su abuela había intercambiado más temprano en el día. Después de poner la rana en el embace del cobertizo del alfarero, tomó dos tazas de barro de un estante. Después de llenar uno con agua de la urna, lo enfrió y refrescó vertiéndolo de uno a otro antes de entregarle uno a su abuela.

Ella tenía miedo que su abuela pronto le hablara con palabras enojadas como la lava de uno de los volcanes cercanos, Itza y Popo. Nemimati permaneció en silencio. Mientras todavía se imaginaba los volcanes ardientes en su mente, estaba muy aliviada al ver que su abuela estaba agotada. La abuela Atl solamente sopló una bocanada de humo. Señalando su dedo hacia su nieta, soltó una advertencia. "La próxima vez que te encuentre trayendo vida salvaje a mi casa, Señorita, ¡la voy a enviar al bosque a vivir con los monos! " Luego suspiró y murmuró. "Se está volviendo más de lo que yo puedo hacer para criar una niña tan indisciplinada."

Nemimati dudaba que su abuela realmente quisiera decir lo que había dicho, porque ella había hablado antes así. En cualquier caso, la rana dorada había dejado huellas en su tela azul claro y le había dado una idea a la abuela Atl.

4 El presagio

Creyendo que Tonantzin a veces enviaba mensajes a través de animales, la abuela Atl juntó las manos con alegría y miró hacia el cielo. "¡Gracias, Tonantzin! ¡Tu mensajera soleada, la rana pequeña teñida de Nemimati, me inspiró con un diseño ganador para nuestro tapiz!"

Se volteó hacia Nemimati. "Le mostraré a la diosa sentada en una nube, agarrando los hilos coloridos de la fortuna en su mano. Un sol, que es el verdadero color de tu rana, brillará sobre sus hombros. Alrededor de la frontera, espaciaré las siete formas de vida: humanos, animales, pájaros, peces, reptiles, insectos y plantas."

Ve a ver si Mishtla, el hijo del alfarero, para ver si a regresado a su casa. Necesitaré algunas de las semillas misteriosas rojos con centros amarillos. Si cualquiera sabe dónde se pueden encontrar, ¡es él! "

"Muy bien, abuela," respondió alegremente Nemimati. "¿Pero qué tiene de especial las semillas colorantes? "

"¡Silencio niña! Se dice que su tinte brilla en la oscuridad, como si fuera magia! " La abuela Atl respondió misteriosamente.

5 Mishtla

Nemimati encontró a Mishtla, el hijo del alfarero, sentado junto a una roca clasificando plumas en formas y colores cerca de la casa de su padre. Él la saludó con una gran sonrisa. "¡Hola, Nemimati!" dijo él. "¡Ven aquí y admira mi colección colorida de plumas!"

"Hola, Mishtla," arrulló, sacando juguetonamente a Costi, la rana de multicolores, de su cinturón. Mishtla dió un paso atrás cuando la vió. "¡Parece una de las criaturas coloridas que salen de las cavernas negras de piedra caliza después de una tormenta!

Mi padre dice que el dios de los animales, cuevas y montañas, Tepeyollotl, pintó a estos habitantes de las cavernas de la noche perpetua con fosforescentes colores para que pudieran identificarse en la oscuridad!"

Nemimati rió tímidamente. "En realidad, esto es solo una pequeña rana de árbol dorado que saltaba dentro y fuera de los calderos de tinte de mi abuela mientras buscando un lugar seguro para esconderse! "

Después de reírse, Mishtla escuchó mientras Nemimati continuaba. "Tú sabes mucho sobre el desierto. Mi abuela quería que yo te pidiera a que nos ayude a encontrar algunas semillas colorantes".

Mishtla negó con la cabeza, dubitativo. "Eso no será fácil. La temporada de las semillas colorantes casi ha terminado y las

lluvias inusualmente fuertes provocaron que muchas de ellas se enmohecieran".

"Sí, lo sé, pero cuando mi rana dejó huellas en uno de los tejidos de mi abuela, se le ocurrió la idea de un diseño para el concurso de tapices de la princesa.

¡Es importante, Mishtla! " Nemimati suplicó.

Mishtla asintió." Bien. Acompáñame mañana por la mañana a el lado este de la montaña para buscar a los árboles coloridos, y mira lo que podemos encontrar".

6 Las semillas mágicas

A la mañana siguiente, Nemimati y Mishtla recogieron cada uno, una canasta vacía y caminaron por el camino que conduce al lado este de la montaña. Allí obtuvieron una vista clara de Popo, el gran volcán, a veces llamado La Montaña Enfurecida porque arrojó humo y chispas".

Mientras caminaban debajo de un árbol retorcido que crecía entre ruinas, algo que sobresalía de la hierba atrapó la atención de Mishtla.

"¿Que es eso?" Preguntó Nemimati mientras Mishtla desenterraba una corona de oro. Se puso de pie y sostuvo el artefacto con reverencia a la luz y luego miró hacia el árbol.

"¡Mira! No me había dado cuenta antes, ¡pero este es un árbol colorido! Hace años que, alguna reina adorada elegida por su gente debe haber adornado este jardín en sus horas libres", reflexionó. "Este parece una tocada de plumas! Lo enterraré cuidadosamente en la tierra para que su espíritu permanezca en paz".

Después de que Mishtla terminó de enterrar el artefacto en la tierra, miró de nuevo hacia la semilla. "Ahora debemos rezar a la reina", susurró Mishtla," pidiendo permiso para recoger sus semillas".

Nemimati levantó los brazos en un gesto de oración y reverencia. "Diosa de la semilla, ¿podemos tener algunas de sus hermosas semillas rojas con centros amarillos para que mi abuela pueda crear un tinte dorado?

Como en respuesta, en ese momento, una ráfaga de viento hizo que el árbol dejara soltar sus semillas en las canastas de los niños.

7 Tinte dorado

A la mañana siguiente, Nemimati y Mishtla recogieron cada uno una canasta vacía y caminaron por el camino que conduce al lado este de la montaña. Allí obtuvieron una vista clara de Popo, el gran volcán, a veces llamado La Montaña Enfurecida porque arrojó humo y chispas".

Mientras caminaban debajo de un árbol retorcido que crecía entre ruinas, algo que sobresalía de la hierba atrapó la atención de Mishtla. "¿Que es eso?" Preguntó Nemimati mientras Mishtla desenterraba una corona de oro. Se puso de pie y sostuvo el artefacto con reverencia a la luz y luego miró hacia el árbol.

"¡Mira! No me había dado cuenta antes, ¡pero este es un árbol colorido! Hace años que, alguna reina adorada elegida por su gente debe haber adornado este jardín en sus horas libres", reflexionó. "Este parece el escenario de una tocada de plumas! Lo enterraré

18

cuidadosamente en la tierra para que su espíritu permanezca en paz".
Después de que Mishtla terminó de enterrar el artefacto en la tierra,
miró de nuevo hacia la semilla. "Ahora debemos rezar a la reina",
susurró Mishtla," pidiendo permiso para recoger sus semillas".

Nemimati levantó los brazos en un gesto de oración y reverencia.
"Diosa de la semilla, ¿podemos tener algunas de sus hermosas
semillas rojas con centros amarillos para que mi abuela pueda crear
un tinte dorado?

Como en respuesta, en ese momento, una ráfaga de viento hizo que
el árbol dejara soltar sus semillas en las canastas de los niños.

8 La ciudad de Tula

Cuando un noble de Tula invitó a la abuela Atl y a sunieta para acompañarlo en su viaje de regreso a la Ciudad Real, apareció una vez más que la Diosa Tonantzin había suavizado su camino. Poco después de su llegada, las dos mujeres visitaron a un superintendente de palacio

que estaba aceptando presentaciones para el Concurso de tejido de la Princesa Itotia, en el templo de la estrella de la mañana.

"Esto está excepcional", exclamó después de desenrollar y estudiarlo. "Vuelve mañana", continuó, entregándoles un recibo de papel hecho de pulpa de corteza con jeroglíficos.

Cuando la abuela Atl y Nemimati regresaron a la mañana siguiente, el supervisor aún no había llegado, así que subieron los escalones del templo para esperar por él y admirar la vista. "¡Es una pasarela espléndida! " Nemimati exclamó, señalando. "¡Corre todo el camino a través de la mitad de la ciudad!"

Eso se parece a la magnífica Calzada de Jade que he escuchado mucho", respondió la abuela Atl. "Conduce desde los pasos del Palacio Real hasta los suburbios de la ciudad". A continuación, barriendo su mirada a la base de la pirámide, vió a un grupo de hombres vestidos como el funcionario que habían conocido el día anterior, moviéndose entre la multitud.

"Ven, Nemimati", dijo, "vamos a ver qué quieren esos hombres".

Cuando la abuela Atl y Nemimati llegaron a la acera, la abuela Atl se volvió hacia un transeúnte. "¿Quiénes son estos hombres y qué le están preguntando a todo el mundo? preguntó ella.

"Son corredores del Palacio Real preguntando por una mujer y una niña de Cuanuac que presentaron un tapiz para el concurso de la princesa," respondió el hombre.

"¡Eso suena que somos nosotras!" Nemimati exclamó, aguantándose ansiosamente de la manga de su abuela. "¡Espero nuestro diseño atrevido no ofendió a la princesa. Todos sus corredores se ven tan serios!"

"Sí, ciertamente espero que nadie se haya ofendido", respondió la abuela Atl, ansiosamente mientras caminaba hacia un hombre vestido como el capataz que habían conocido. "Mi nieta y yo somos de Cuanuac", dijo ella, ofreciéndole el recibo por su tapiz.

"¡Aquí están!" anunció el capitán mientras los otros corredores formaban alrededor de ellas. Volviéndose hacia la abuela Atl, explicó. "La princesa Itotia nos envió a buscarlas. ¡Vengan con nosotros!"

El olor a perfumes finos e incienso llenó el aire mientras ellas fueron escoltadas a través de una puerta pesada de madera y a lo largo de una pasarela que conduce a una cabaña. Aunque Nemimati había escuchado que el Emperador Quetzalcoatl tenía fama de sabio y caritativo, cuando estaba rodeado por la grandeza de la Ciudadela Real, empezó a sentirse pequeña y vulnerable.

9 Los hilos de la fortuna

"Espera aquí hasta que te llamen", ordenó el capitán antes de marcar el comienzo a La abuela Atl y Nemimati a través de la puerta principal de la cabaña.

Añadiendo a la confusión de la abuela Atl y Nemimati, los sirvientes pronto llegaron trayendo bandejas de comida, ropa fina y fragancias.

"Vístasen antes de la puesta del sol", ordenó una matrona de labios apretados. Despúes que los sirvientes se fueron, un guerrero que vestía una variedad de plumas finas permaneció estacionado junto a la puerta como si estuviera en guardia. Nemimati ayudó a su abuela a vestirse con las mejores galas que tenían y luego se vistió ella misma. Luego admiraron sus reflejos en un espejo alto y muy pulido hecho de hierro pirita rodeada de representaciones de la serpiente de fuego, Xiuhcoatl, representado con mosaico de turquesa.

Más adelante esa tarde, emisarios reales vistiendo en quetzal verde tocados de plumas vinieron a escoltar a la abuela Atl y Nemimati dentro del palacio.

"Las paredes son tan hermosas", exclamó Nemimati al pasar iluminados frescos resplandecientes con antorchas decoradas con mosaicos.

"El trabajo de los azulejos es precioso, querida", asintió la abuela Atl. Mientras se acercaban al gran salón de audiencias enjoyado del emperador, escucharon los sonidos festivos de muchas personas

celebrando. En la entrada, el primer funcionario que se encontraron en los escalones del templo, las escoltó a través de la multitud a una plataforma elevada donde la Princesa Itotia destacada. Detrás de ella, en la pared iluminada por antorchas, colgaban el tapiz de la abuela Atl y de Nemimati, titulado Los hilos de la fortuna: su sol dorado brillando sobre la Diosa Tonantzin como iluminada desde dentro por tinte mágico.

Tan pronto que la princesa saludó a la abuela Atl y Nemimati, un asistente se llevó un cuerno de carnero a los labios para calmar a la multitud y ella podría dirigirse a la asamblea. "Es un gran honor para mí presentarles la muy talentosa abuela Atl y su nieta, Nemimati", la princesa anunció con su voz musical. "Su tapiz, Los hilos de la fortuna, ha ganado mi concurso".

Lágrimas de alegría brotaron de los ojos de la abuela Atl y Nemimati mientras la audiencia gritaba con aprobación. Por fin, entendieron por qué los corredores del palacio habían venido a buscarlas ese mismo día.

La abuela Atl sacó un pañuelo de su bolsillo y limpió la cara de Nemimati antes de limpiarse la suya. "Somos su alteza humildes siervos", prometieron los tejedores ganadores después de inclinarse ante la princesa.

A continuación, alto y majestuoso, se adelantó el emperador Quetzalcóatl, con su glorioso Tocado del Sol. "¿Cómo lo divino te ha llegado la inspiración para este tapiz?, preguntó.

"Fue así", explicó la abuela Atl, describiendo cómo la rana dorada, Costi, marcó fortuitamente su tela azul claro con diseños inspiradores. Además, explicó cómo colorear hilos para ella de sol resplandeciente, ella había querido algunos de las semillas rojas fuera de temporada con centros amarillos. La abuela Atl sugirió entonces que Nemimati informara al emperador sobre la apariencia del árbol de semilla fantasmal.

Después de escuchar la historia de Nemimati, el Emperador sonrió. "Suena como aunque fuiste honrada por una visita del legendario Árbol Colorido."

"¿El legendario árbol colorido?" Nemimati preguntó con curiosidad.

El emperador hizo un gesto a su mayordomo, quien luego levantó la mano para callar a la multitud. "Silencio", el ordenó.

10 Los árboles mágicos coloridos

"La historia de los árboles coloridos aparece en la leyenda de la reina Huani la Tejedora. Al visitar su palacio de verano en las montañas, pasaba horas bajo las ramas de su árbol de sombra favorito, tejiendo en su telar de cintura. Eso fue hasta que un rival, envidioso de su habilidad de tejido, escondió un escorpión mortal en uno de sus tapices, dejando que sus dedos se quedaran quietos para siempre entre sus hilos.

"Tras la muerte de la reina Huani, los sacerdotes la proclamaron diosa y su árbol de sombra un santuario. Cuando después de muchos años el viejo árbol finalmente murió, su espíritu apareció y llamó a los tejedores merecedores más cerca con sus ramas que se agitan suavemente. Cuando se acercaron, llenó sus cestas con semillas perfectamente maduras. En poco tiempo, los tejedores sorprendidos descubrieron que cuando el tinte de las semillas se extraía de una manera particular, brillaba en la oscuridad como por arte de magia. Aunque las plántulas que tomaron la raíz en el desierto creció hasta ser conocida como los árboles coloridos, sus semillas nunca produjeron el pigmento brillante producido por el Espíritu del Árbol."

Nemimati hizo una reverencia. "¿Crees que el árbol espiritual visitó a Mishtla y a mí?"

"No tengo ninguna duda", respondió el emperador. "Y tu la abuela, obviamente, conoce el proceso secreto para extraer oro tinte de las semillas".

Nemimati prosiguió. "Esperando conocer a Su Majestad, mi abuela le trajo un regalo".

Cuando Nemimati llenó las palmas ahuecadas del emperador Quetzalcóatl con semillas colorantes rojas de una pequeña bolsa tejida, levantó las manos, exclamando a la asamblea: "He aquí las semillas mágicas con los que la abuela Atl creó su radiante sol dorado. Les ordenaré que sean plantada alrededor de la ciudad, de modo que en los años venideros, todos los tejedores recolecten semillas mágicas en Tula".

Los espectadores vitorearon la proclamación de Su Majestad. Después de la boda del gobernador Patli y la princesa Itotia en la mañana del el Equinoccio de Primavera, desde una plataforma, Abuela Atl y Nemimati, observaron a los novios encabezar el Desfile de las Flores. Junto a la pareja real caminaba con un abanderado exhibiendo su tapiz, Los hilos de la fortuna.

Al día siguiente de la boda, Quetzalcóatl envió a buscar a Mishtla y su familia, y la abuela Atl se convirtió en la Hiladora Real. Cuando Mishtla llegó con su padre, aceptaron puestos como ceramistas reales, diseñando cerámicas coloridas para el palacio.

En los años siguientes, Nemimati asistió a la reunión del Emperador renombrado instituto de las artes. Allí aprendió simbolismo, astrología y la astronomía, y dominó el venerado arte del tejido y el diseño.

Luego, en el año Una Caña, en el día calendario de Una Caña y el Día Ritual de la Serpiente, para celebrar esta ocasión tan especial, Nemimati creó un tapiz asombroso que representa a Quetzalcoatl en su tradicional tocado de resplandecientes plumas de quetzal, por lo que la proclamó la primera artesana del imperio.

Nota: El calendario azteca o mexica es el sistema de calendario que usaban los aztecas, así como otros pueblos precolombinos del centro de México. El calendario constaba de un ciclo de calendario de 365 días, llamado xiuhpōhualli (cuenta de años) y un ciclo ritual de 260 días llamado tōnalpōhualli (cuenta de días).

Printed in the United States
By Bookmasters